Hugo Rothstein

Aus Hugo Rothsteins Nachlass für seine Freunde

Antigonos

Hugo Rothstein

Aus Hugo Rothsteins Nachlass für seine Freunde

Unveränderter Nachdruck der Originalausgabe von 1865.

1. Auflage 2024 | ISBN: 978-3-38612-445-4

Antigonos Verlag ist ein Imprint der Outlook Verlagsgesellschaft mbH.

Verlag: Outlook Verlag GmbH, Zeilweg 44, 60439 Frankfurt, Deutschland
Vertretungsberechtigt: E. Roepke, Zeilweg 44, 60439 Frankfurt, Deutschland
Druck: Libri Plureos GmbH, Friedensallee 273, 22763 Hamburg, Deutschland

Aus

Hugo Rothsteins

Nachlaß

für

seine Freunde.

Als Manuscript gedruckt.

Erfurt, 1865.

Diejenigen, welche das Glück haben mit genialen oder geistreichen Menschen zusammen zu leben, sollten es sich zur Pflicht machen die schönen und großen Gedanken, welche die flüchtige Unterhaltung der Ewigkeit werth machen, gewissenhaft aufzuzeichnen; aber wird diese Pflicht oft zu spät erkannt, und keine Reue bringt das Verlorene zurück; aber das Gedächtniß der Freundschaft ist stark, und es vermag einen Theil des Entschwundenen wieder hervorzuzaubern.

Es war ein Lieblingsgedanke Hugo Rothsteins, seine ästhetische Gymnastik mit schönen Illustrationen zu schmücken, und er hätte ihr gern einen Bilder-Atlas beigegeben, der des großen Gedankens würdig gewesen wäre; aber pekuniäre Rücksichten hinderten ihn, die Hülfe bedeutender Meister in Anspruch zu nehmen, die seinen genialen Gedanken Gestalt geben konnten, und so mußte er sich begnügen aus ältern Werken dahin passende Gegenstände auszuwählen und sie so gut es die unzureichenden Mittel erlaubten zu einem Ganzen zusammenzufügen; ein Mosaik wird aber niemals zum Gemälde, höchstens können die zusammengefügten Steine ein annäherndes Bild von dem geben, was eigentlich dargestellt werden sollte.

Ein Freund des Dahingeschiedenen nannte sehr treffend die ästhetische Gymnastik „la poésie incarnée“. Sie ist die höchste Spitze menschlicher Bildung, da sie das Individuum erst im vollen Sinne des Worts zur Person erhebt, indem sie es fähig macht, nicht allein durch die Sprache, sondern noch vielmehr durch die ungezwungene Bewegung des Körpers das geistige Leben seines Innern hindurchtönen zu lassen. Wenn durch kunstgemäße Uebung eine vollkommene Freiheit, d. h. Beherrschung aller Glieder erlangt wird, so ist die Möglichkeit vorhanden, die Idee des Schönen, der immer das Gute und Wahre zu Grunde liegt, darzustellen, der Mensch selbst wird zum Kunstwerk, die innerste Empfindung seiner Seele findet den wahrsten Ausdruck durch die Bewegung des Körpers. Dies ist die dargelebte Aesthetik, das ästhetische Leben. Der durch die ästhetische Gymnastik gebildete und verschönte Mensch kann in der Mimik und Orchestik objectiv Empfindungen und Gefühle zur Anschauung bringen, er abstrahirt von seiner eignen Subjectivität und erweckt durch seine Darstellung in den Zuschauern den Sinn für das Schöne.

Das Ideal der schönen Form wird von der Natur nie erreicht, und erscheint uns nur in den Schöpfungen der bildenden Kunst; das Ideal der Bewegung aber, die Grazie gehört dem Leben, die Anlage dazu giebt die Natur, und diese wird ausgebildet durch die ästhetische Gymnastik.

Das Bild, der Marmor, fassen einen Augenblick des seelischen Lebens, die ästhetische Gymnastik kann eine lange Folgereihe der Empfindungen in den mannichfachsten Wandelungen zeigen.

Die Rede offenbart den Gedanken, kann aber das Gefühl nie ganz aussprechen. Die höchste Empfindung ist stumm, doch welche beredte Sprache beginnt dann die Mimik! sie kann Alles ausdrücken was das arme Wort nicht vermag; die tiefsten Gefühle, die verwegensten Wünsche scheuen den Dolmetscher der Zunge, nur der Blick des Auges, die Bewegung der Hand, das Stampfen des Fußes und tausend andere leise, kaum merkbare Bewegungen verrathen sie.

Der Monolog des Theaters könnte wegfallen, wenn die Mimik ihre volle Ausbildung erlangte, er soll die geheimsten Gedanken der Seele ausdrücken, die plaudern Helden niemals aus; wie viel richtiger würde er durch wahres Mienenspiel ersetzt werden! aber freilich gehörte dazu ein gewaltiges Studium, das anzubahnen unser Meister Rothstein durch seine ästhetische Gymnastik bezweckte.

Pantomimische Aufführungen werden immer mangelhaft bleiben, sie können höchstens Interesse für Taubstumme haben, aber von wunderbarer Wirkung wird die Mimik in Scenen des höchsten Affekts.

Wie sehr die Körperausbildung noch im Argen liegt, bezeugt der sehr wahre Ausspruch eines berühmten Aesthetikers: „In Deutschland lernt unter Tausenden kaum Einer sich halten, gehen, sprechen, dieser Eine schwer vor dem dreißigsten, vierzigsten Jahre. Der Charakter kann freilich seine Basis versäumen und sich in der Höhe aufbauend den Körper bis auf einen Grad fallen lassen, aber dann ist dies Einseitigkeit des Charakters, wiewohl er sonst gut sein mag; zum ganzen Guten gehört Herrschaft über das Organ, unb diese will durch harte Zucht gelernt sein." — Die harte Zucht aber ist die Gymnastik, die unser Meister nicht abgekürzt sehen will; besonders warnt er vor Mißbrauch dieser Blätter, daß sie nicht etwa zu sogenannten lebenden Bildern führen mögen, sie sollen vielmehr ein lebendiges Bilden hervorrufen. Sie sollen nur im Gymnasion gebraucht werden, sie sollen den Weg bahnen, daß das Höchste und Erhabenste sich verkörpern könne: „Nicht das Unsichtbare ist das Letzte (Höchste), sondern das Letzte ist, daß das Unsichtbare sichtbar werde." —

Leider existirt von Rothsteins Hand nur ein kurzes Vorwort zu diesen Blättern, das hier abgedruckt wird, es ist 1860 unterzeichnet, von wo ab eine Ueberhäufung mit Arbeit, später Krankheit und Tod die Fortsetzung hinderten. Zur Benutzung der Bilder sind nur einige Notizen vorhanden, die aus der Erinnerung mündlicher Unterredungen ergänzt werden müssen; es sollte ihnen nach der ersten Bestimmung ein erläuternder Text beigegeben werden, der bedeutend die Hauptsache geworden wäre. Auch sollte ihnen eine Reihe von Köpfen und Händen vorangehen, welche durch ihren Ausdruck und ihre Bewegung die verschiedenen Affekte mimisch darstellten; und gefolgt sollten sie sein durch die ästhetischen Grundstellungen mit Hinweisung auf das vortreffliche englische Werk: Chironomia von Austin. Alles Gute rechne man dem Meister zu, die Irrthümer aber der mangelhaften Erinnerung.

Vorwort.

Nachdem im vorigen Jahre der fünfte, die ästhetische Gymnastik behandelnde Abschnitt von des unterzeichneten Verfassers größerem, das Ling'sche System der Gymnastik wissenschaftlich darstellendem Werke vollständig erschienen ist, liefert derselbe hiermit noch die vorliegende zu jenem Abschnitt gehörende Beilage von Zeichnungen. Es darf diese Sammlung, ungeachtet des sie begleitenden Textes nicht als ein selbstständiges Werk betrachtet werden, sondern nur in ihrem Zusammenhang mit der erwähnten Bearbeitung der ästhetischen Gymnastik, welcher aus mehreren Gründen die Zeichnungen nicht beigefügt werden konnten.

Indem der Unterzeichnete von vornherein jede aus einer andern Auffassung hervorgehende Beurtheilung dieser Sammlung seinerseits für eine unangemessene zu erklären haben würde, und die Verantwortlichkeit für jede mißbräuchliche Benutzung von sich abweisen muß, bemerkt er ausdrücklich noch, daß vielmehr die vorliegenden Zeichnungen mit ihren Erläuterungen nur für Diejenigen bestimmt sind, welche als angehende Gymnasten nach Anleitung des erwähnten fünften Abschnitts sich mit dem Studium der ästhetischen Gymnastik beschäftigen wollen. Außerdem wünscht der Unterzeichnete durch diese Sammlung bereits ausgebildeten Gymnasten, welchen die entsprechenden Mittel und Kräfte zu Gebote stehen, Anregung zu geben, ähnliche bildliche Darstellungen zu liefern, und vom Standpunkte der ästhetischen Gymnastik zu besprechen.

Berlin, 1860.

Hg. R.

Allgemeine Erläuterungen zu den Zeichnungen.

Die Darstellungen der ästhetischen Gymnastik bestehen wesentlich in Bewegungen, nämlich in mimischen und orcheftischen; diese Blätter sollen zu mimischen Studien Anlaß geben.

Die vorliegenden Umrißzeichnungen sind unter Einhaltung eines möglichst gleichen Maaßstabs theils nach antiken, theils nach andern Bildwerken, Kupferstichen u. s. w. entworfen und gezeichnet.

Das Studium von Kunstwerken ist dem ästhetischen Gymnasten warm zu empfehlen, ebenso dem Künstler der Besuch des Gymnasion, denn wenn er auch alle Klassen der Akademie absolvirt hat, fehlt ihm dennoch das Durchdrungensein von der Wirkung der lebendigen Bewegung, welche auch das eifrigste Studium der Anatomie und das sorgfältigste Zeichnen nach dem lebenden Modell nicht gewähren kann.

Der Gymnast bildet durch die Bewegung den menschlichen Körper zur Schönheit: „Die Griechen machten sich selbst erst zu schönen Gestaltungen, ehe sie solche objektiv in Marmor und Gemälden ausdrückten." — Die Reihefolge der hier gelieferten Zeichnungen ist so geordnet, daß zuerst einzelne Figuren, nachher Gruppen folgen, und in jeder dieser Reihen erst unbekleidete, dann bekleidete. Rücksichtlich dessen, was hier in Beziehung auf Zweck der Zeichnungen über Nacktheit und Bekleidung zu bemerken wäre, ist auf §. 51 und §. 121 bis §. 123 der ästhetischen Gymnastik zu verweisen. Das im ersten angeführten Paragraphen Gesagte wird jede mißverständliche Auffassung des Zwecks fernhalten. Nochmals sei wiederholt, daß diese Blätter nur zu gymnastischen Uebungen oder praktischen Studien, nicht aber zu Schau=Darstellungen führen sollen; deshalb würde bei Darstellungen der nackten Figuren wirkliche Nacktheit mit Lendentrikot (wie in den Schwimmschulen) oder ein vollständiger Trikot zu wählen sein. Die folgenden Figuren fordern die ideale griechische Tracht; Vischer nennt sie die absolute für ideale Gestalten: „bei wirklicher Bewegung fährt der Affekt gleichsam auch in das Gewand, wie eine Art selbstständiger Geist, indem die Bewegung in dem Gewande noch nachdauert, auch wenn der Handelnde augenblicklich mit der Bewegung innehält. Ein solch ungenommenes Gewand setzt reich, stattlich, graziös, ehrwürdig den ganzen herrlichen Gliederbau, wie durch unzählige Geister, die sein Geheimniß aus allen Schwellungen, Falten und Furchen verkün= digen, in Musik." — Welch trauriger Ersatz dafür ist unser moderner Männeranzug, der eigentlich nur ein ungeschicktes Futteral für den Körper ist; die Crinoline der Damen, bei deren Anblick die Grazien fliehen, gar nicht zu erwähnen. Viel malerischer ist dagegen die spanische Tracht des 16. und 17. Jahrhunderts, doch muß die Kleidung dem Dargestellten entsprechen und ebenso müssen Phantasie= gewänder und emblematische Costüme sowohl durch die Farbe als durch die Abzeichen ihre Bedeutung kenntlich machen.

Beim Einnehmen der Attitüden können zwei verschiedene Arten befolgt werden: 1) in Grundstellung antreten, dann die Fußstellung und die einzelnen übrigen Gliederbewegungen successiv dem Bilde entsprechend ausführen, oder 2) aus Grundstellung sofort in Attitüde.

Das Einhalten der Attitüde habe anfangs die Dauer von fünf ungezwungenen, ruhigen Athemzügen, ohngefähr 15—20 Se= kunden; bei späteren Wiederholungen die doppelte Zeit, und dazwischen eben so lange Pausen. Darauf folge das Zurückgehen in die Grundstellung oder das Folgenlassen eines zweiten Moments (einer neuen Attitüde).

Die Attitüde soll ähnlich der Statue, von allen Seiten schöne Ansichten darbieten, die Umrißlinien müssen sanft geschwungen sein, doch dürfen sie nicht in das Weichliche und Verschwommene übergehen. Wenn Gewaltiges und Charakteristisches dargestellt werden soll, sind sogar Winkel und Ecken nicht zu vermeiden, doch darf nie an eine geometrische, unfreie Symetrie und an Parallelität der Linien erinnert werden.

Die Attitüde ist auch gleich der Statue dem Gesetz der Ponderation unterworfen, der Schwerpunkt des ganzen Körpers muß senkrecht unterstützt werden und seine Schwerlinie in die Standbasis treffen. Je kleiner die Standbasis ist, etwa nur auf einer Fußspitze, je größere Kraft wird erfordert den Körper auch nur kurze Zeit in der Attitüde zu erhalten. Niemals darf aber die Ungezwungenheit dadurch eingebüßt werden, welche unzertrennlich von der Schönheit ist, doch muß bei gewaltigen Actionen der Körper immer die Kraftanstrengung zeigen, welche die dargestellte Situation fordert.

Besondere Erläuterungen zu den Abbildungen.

Speerwerfer nach „Harleß plastischer Anatomie" (2½ mal vergrößert). I. will nur treffen oder hat ein nahes Ziel; die Standbasis ist gleich der Schulterbreite; die Schwerlinie liegt nach hinten, deßhalb ist der Oberkörper zurückgebogen, die beschleunigte Bewegung des Werfens kann diese Attitüde nur momentan erscheinen lassen, und es muß darauf ein Ausfall erfolgen, wodurch der Oberkörper und die Schwerlinie mehr nach vorn fällt. II. will zugleich durchbohren oder ein entferntes Ziel treffen; die Standbasis hat 1½ Schulterbreite; auch hier ist der Oberkörper zurückgebogen, und im Moment des Werfens fällt er nach vorn. **I. u. II.**

Bogenschütze nach einer antiken griechischen Statue des Berliner Museums. Das Geschoß erhält hier durch die Schnellkraft des Bogens und der Sehne seine Treibkraft, daher keine Vorbereitung im Oberkörper durch Rückneigen; vielmehr erfordert die Sicherheit des Treffens einen festen Stand und scharfen Blick; der zweite Moment nach dem Abschnellen ist Vollendung der Passade durch Vorsetzen des linken Fußes oder Zurückgehen in die Ausgangsstellung. **III.**

Der Vatikanische Apoll nach der Antike. Hierbei lese man Winkelmanns begeisterte Schilderung Th. VI. S. 221: „Die Statue des Apollo ist das höchste Ideal der Kunst unter allen Werken des Alterthums 2c." — (W. sieht in ihr den Pythontödter nachdem er eben den Pfeil abgeschossen hat) — und dann: Anselm Feuerbachs herrliche Abhandlung; — dieser faßt ihn auf in dem Augenblick, da er die Eumeniden (in der gleichnamigen Tragödie des Aeschylos), welche den Orest bis in das Heiligthum seines Tempels verfolgten, aus diesem verscheucht. „Der rechte zur Erde gesetzte Fuß scheint dem kräftigen Niederschlag eines mannhaften Rythmus gefolgt zu sein, während die ganze Gestalt in demselben Maaße, gleichsam elastisch gehoben, von der Grundfläche empor= strebt. Zwischen Feierlichkeit und männlicher Anmuth in der Schwebe getragen, bei großer Belebtheit ruhig und ernst, in der Be= wegung jedes Gliedes sprechend, und von der Zierlichkeit des zurückweichenden Fußes bis zur schwebenden Haltung des Rumpfes, Alles in harmonischer Wechselbestimmung, — wer erkennt in dieser Statue nicht die leibhaftige Enmeleia, den Takt und die Harmonie des tragischen Tanzes? — Bei Ausführung dieser Attitüde und resp. dieses gravitätischen Tanzes erinnere man sich, daß derselbe hauptsächlich in einer die Situation ausdrückenden Gestikulation der Hände bestand; die Attitüde würde hierdurch in eine mimisch= orchestische Darstellung übergehen. **IV.**

Der Borghesische Fechter, antike griechische Statue des Agasias von Ephesus steht auf der Grenze des großen strengen Styls, wo dieser in den gefälligen schönen übergeht; in freier Leichtigkeit der Bewegung kommt ihm von allen antiken Werken nur der Merkur gleich, der in forteilender Stellung einzig mit einer Fußspitze die Kugel berührt, aber in lebensvoller, kräftiger Männlichkeit und Thatkraft steht er unübertroffen da. Wir sehen ihn im Fechterausfall, mit dem rechten Arm zum Hiebstoß ausholend, seinem zu Rosse sitzenden Gegner einen Stoß beibringen. — Salvages berühmtes Werk „le gladiateur combattant" beleuchtet diese Statue gründlich, indem es den Fechter in vielen Kupferstichen von allen Seiten, zuerst als Skelett und nachher mit den verschiedenen Muskellagen darstellt. **V.**

Orest aus der gleichnamigen Tragödie des Euripides, gezeichnet von Walbom für das schwedische Journal „Museum". — Walbom, geb. zu Kalmar den 16. Oct. 1810, Professor der schwedischen Kunst=Akademie, lebte in Frankreich, Italien und England und starb zu London am 23. April 1858. Er war ein Schüler Lings und des schwedischen gymn. Central=Instituts zu Stockholm, wo er sich bis 1838 aufhielt; daher sind all' seine Compositionen, sowohl plastische als malerische voll ungewöhnlicher Lebendigkeit und freier Bewegung. — Euripides Tragödien drücken besonders Gefühle und Leidenschaften aus; Orest ist hier dargestellt in fort= stürzender Eile, mit Entsetzen den Eumeniden der Reue und Gewissensangst entfliehend. Die Scheusale schweben verfolgend hinter ihm in hoher Luft, Blick und Geberden zeigen ihn uns den Gestalten der Unterwelt gegenüber, er hebt muthig abwehrend Gesicht und Hände gegen sie, doch den schrecklichen Anblick nicht ertragen könnend, wird er sich gleich abwenden, um fliehend nach dem Heiligthum zu eilen. **VI.**

Der sterbende Gallier, aus der Schule von Pergamos, wurde für einen Gladiator gehalten, doch ist es wahrscheinlicher, daß er einen besiegten Krieger darstellt, der nach verlorener Schlacht sich das eigene Schwert in die rechte Seite der Brust stieß, wovon die klaffende Wunde zeugt. Zusammensinkend stemmt er sich mit der rechten Hand gegen die Erde, doch bald wird der letzte Rest des Lebensodems schwinden und auch diese Stütze weichen; das Haupt neigt sich vorwärts, der Körper folgt dem Gesetz der Schwere und sinkt, wie schon der linke Fuß andeutet, in die Lage des langhingestreckten Todes. **VII.**

VIII. Der aufgeschreckte Neger nach Walbom aus dem schwedischen Journal „Museum". Hier sehen wir den äußersten Gegensatz zur vorigen Bewegung, dort das Hinsinken, hier das Sich-Erheben, obschon beiden der Moment des Sich-auf-die-Hand-Stützens gemeinsam ist. Der Neger lag in vollkommener Ruhe und wird durch das Gebrüll eines Löwen aufgeschreckt; horchend richtet er sich empor, sein Arm stemmt sich stützend gegen die Erde, der Kopf erhebt sich, und schon gewahrt der scharfe Blick den Feind in der Ferne; noch ein Moment und er steht wie Nr. II. die Lanze nach dem entfernten Ziele schleudernd.

IX. Asia-Odin gezeichnet von Walbom zu Lings großem Epos „Asarne". — Obgleich Lings Wirksamkeit für die Gymnastik groß genug war, ein ganzes Menschenleben auszufüllen, blieb ihm dennoch Zeit für die Poesie, und besonders war es die Nordische Mythologie und Sage, die ihn begeisterte und wofür er die jungen Künstler durch Vorträge über diesen Gegenstand zu entflammen wußte. Auf Walbom hatte er großen Einfluß, und dieser lieferte vortreffliche Zeichnungen zu seinen Dichtungen. — Hier sehen wir die Vision Asia-Odins, er hat am Altar geschlummert, wo ihm sein Vater Hermober erschien, ihm befahl sich den Norden unterthan zu machen und ihm Götternamen und Gestalt versprach; als Pfand findet er die gewaltgebenden Armringe für sich und die Seinen auf dem Altar. — Sein Sich-Erheben ist kein gewöhnliches Aufstehn, sondern ein Erhobenwerden über die gewöhnlichen Sterblichen, seine Blicke folgen noch der entschwindenden Erscheinung, aber schon durchströmt ihn Kraft und Begeisterung für seinen großen Beruf. Der Neger sprang blitzschnell auf; Asia-Odin erhebt sich langsam und im höchsten Pathos, die gesteigertste Aufregung der Seele thut sich in jeder Bewegung kund, und in seiner Erhabenheit zeigt sich zu gleicher Zeit das Würdige, Imposante, Majestätische und Gloriose.

X. Sophocles, eine der schönsten griechischen Gewandstatuen. Sobald der geistige Ausdruck zur Hauptsache wird, sind die antiken Statuen immer bekleidet. Nr. X. zeigt das Hymation, Nr. IV. die Chlamys, den kurzen Reitermantel, Nr. IX. den Chiton. Die Griechen wußten das Hymation mit vielem Anstand und großem Geschick umzunehmen, und die reichen Falten so zu werfen, daß sie die Schönheit der Gestalt mehr hervorhoben als verbargen. Dies Gewand bestand aus einem großen Stück Wollenstoff, dessen Breite die Menschenhöhe, dessen Länge dreimal die Schulterhöhe hatte, dessen eine Langseite gerade, die andere abgerundet war; die gerade Seite wurde auf der linken Schulter befestigt, während die runde über den Arm herabfiel; dann wurde es über den Rücken unter den rechten Arm durchgenommen und über die linke Schulter geworfen. Oft hüllten sie sich fest in dasselbe, mitunter bewegten sie Hände und Arme, immer aber hielten sie das Ende mit der rechten Hand gefaßt. Nur in Momenten des höchsten Affekts ließen sie es los, die Gestalt wurde sichtbar und das Hymation schleppte in prachtvollen Falten als schönste Draperin, gleichsam die Gestalt vergrößernd, hintennach. Wenn dies Gewand richtig gehandhabt wird, verleiht es den Ausdruck von Würde und Majestät, bei ungeschicktem Gebrauch kann es aber leicht lächerlich erscheinen.

XI. St. Thomas von Thorwaldsen ausgeführt 1823 für die Kathedrale in Kopenhagen. Hier ist der mimische Gesichtsausdruck die Hauptsache: die Zweifelmine; doch wird sie nicht lange dauern und dem vollen Glaubensausdruck weichen.

XII. Oxenstjerna aus einem Gemälde von Walbom, welches die Leiche Gustav Adolphs im Schlosse zu Weißenfels darstellt, über welcher die Königin Marie Eleonore im Uebermaß des Schmerzes zusammengesunken ist. Oxenstjerna, gemessenen Schritts der Königin folgend, tief gebeugt durch den Verlust seines Herrn und Königs, im Innersten erschüttert durch den Schmerz der Königin, bleibt dennoch ernst und streng, aber seine Blicke spiegeln die Gedanken an eine stürmische, verhängnißvolle Zukunft ab, denn er fühlt die ganze Bedeutung des ungeheuren Ereignisses, das Schicksal der protestantischen Welt ruht jetzt auf seinen Schultern.

XIII. Hamlet nach Retsch ⎤ Shakspeare der in seinen Dramen die tiefsten Falten der Seele entrollt, die zartesten Gefühle und
XIV. Hamlet nach Engel ⎦ die gewaltigsten Leidenschaften schildert, giebt den reichsten Stoff zu mimischen Darstellungen. Es ist der schöne Beruf der größten Schauspieler, das Gold der Weisheit aus dem tiefen Schacht seines Geistes durch lebenswarme Darstellung ans Licht zu fördern. Wenn die Gymnasten es unternehmen Scenen aus seinen Werken zu ihren Uebungen auszuwählen, ist es höchst nöthig, diese zuerst sorgfältig auswendig zu lernen, dann wird es ihnen möglich werden nach den Studien, die sie vorher absolvirt haben, die Mimik der Idee des Dichters anzupassen. — Der Hamlet von Retsch ist dargestellt im ersten Theil des Monologs, wo die Selbstmord-Gedanken durch seine Seele ziehen und seine Geste spricht: „Sterben — schlafen; — Vielleicht auch träumen!" Der von Engel sieht und zeigt uns Jenseits, mit den Worten: „Ja, da liegt der Knoten, denn was im Schlaf für Träume kommen mögen, wenn wir den irdschen Wust hinweggeschüttelt, das zwingt uns still zu stehn." —

XV. König Lear nach Engel. Sich des schändlichen Undanks seiner Töchter erinnernd, welche in der Sturmnacht sein graues Haupt dem Wind und Wetter preis geben, ruft der tief gekränkte Vater: „Auf diesem Wege komm ich zum Wahnsinn, ich muß ihm ausweichen." — Und dabei wendet er sich ab, als wollte er durch das Umwenden dem Wahnsinn entgehen.

XVI. Capulet nach Retsch. Der Vater kündet der Julia an, daß sie am Donnerstag der Ritter Paris heirathen wird, sie weigert sich, der Vater ergrimmt; sie bittet knieend, der Vater verflucht sie.

XVII. Macbeth nach Retsch. Macbeth aufgestachelt durch seine Herrschsucht und die Arglist seines Weibes, hat die Vision eines Dolches, dessen Griff ihm zugekehrt, dessen Klinge mit Blut benetzt ist, und fühlt sich dadurch zum grausen Meuchelmord seines Gastes des Königs getrieben; zuerst greift er nach der Lufterscheinung, und dann nach dem an seiner Seite hängenden Dolch.

XVIII. Menelaus und Patroclus nach der Antike, Originial in Florenz. Patroclus hat die tödtliche Wunde vom Euphorbus empfangen; sein Leichnam ist nackt, denn der siegende Hector hat ihn bereits seines Kleides und seiner Waffen beraubt. Menelaus, der Rufer im Streit eilt herbei, und versucht die Leiche fortzuschleppen. Der Mund ist zum Rufe geöffnet, sein Blick schweift dem Adler gleich in die Ferne. Bei Stellung dieser Gruppe hat Patroclus zuerst die Attitüde eines im Kampf Gefallenen einzunehmen; Menelaus eilt herbei und hebt ihn auf.

Der Vater und der Sohn nach Thorwaldsen, Gruppe aus der Predigt Johannes des Täufers im Frontespice der Kathedrale XIX.
u Kopenhagen. Der mimische Ausdruck dieser Beiden wird von der Aufmerksamkeit zur Andacht, zur Reue, zur Buße, zur Zer=
nirrschung und zum Glauben übergehen.

Hamlet und Güldenstern nach Retsch. Letzterer versucht den Ersten von seinen Grübeleien abzubringen, da reicht ihm XX.
Hamlet die Flöte zum spielen, der Hofmann versichert er könne es nicht, da richtet sich der Prinz empor und sagt: „Zum Henker,
glaubt Ihr denn, daß ich leichter zu spielen bin als eine Pfeife? Ihr könnt mich verstimmen, aber Ihr könnt nicht auf mir spielen.“ —

Odin und Thjasse nach Walbom zu Lings Asarne gehörig. Der Bergriese Thjasse bringt mit Gewalt in den Gastsaal, XXI.
und würde Skade seine Tochter, Odins erste Gemalin tödten, wenn dieser ihm nicht in den Arme fiele und ihn daran verhinderte.

Odin und Säming nach Walbom zu Lings Asarne gehörig. Odin stand auf vom Hochsitz, da entblößte der kühne Fremd= XXII.
ing den Busen, Odin erkennt den geliebten Sohn an der Narbe und sie sinken einander in die Arme.

Wenn der Tod nicht zu früh unsern Meister Rothstein ereilt hätte, würde er noch viel Gutes, Wahres und Schönes aus=
gesprochen haben, denn sein Geist war ein unerschöpflicher Quell; so aber kann Erinnerung den Freunden nur die letzten aufge=
gangenen Tropfen darbieten. Jenseits finden wir ihn wieder beim Urquell des Lichts.

Die Gegenwart kann Dir nicht lohnen,
Weil Wenige Dich nur verstehn;
Doch Zukunft flicht Dir Lorbeerkronen,
Sie fühlet Deines Geistes Wehn.

Die Wahrheit mit dem Flammenschwerte
Sie tritt hervor aus dunkler Nacht,
Die Welt erleuchtet die Verklärte
Mit ihres Sonnenschildes Pracht.

Und Alles schaut das Gut' und Rechte,
Das steht im wandellosen Sein,
Und es versinkt das Bös' und Schlechte
In des Vergessens ew'ger Pein.

Und an der Schönheit Strahlenthrone
Da treffen Recht und Wahrheit sich
Die Dreie flechten Dir die Krone,
Die Krone währet ewiglich.

Druck von C. Bartholomäus in Erfurt.

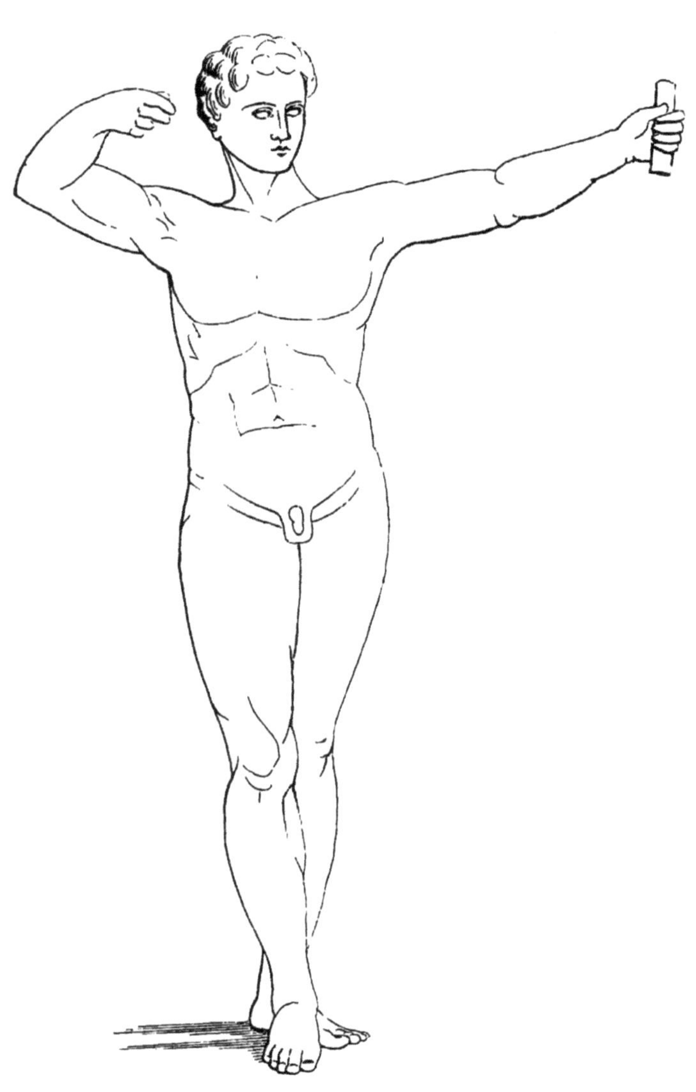

III.

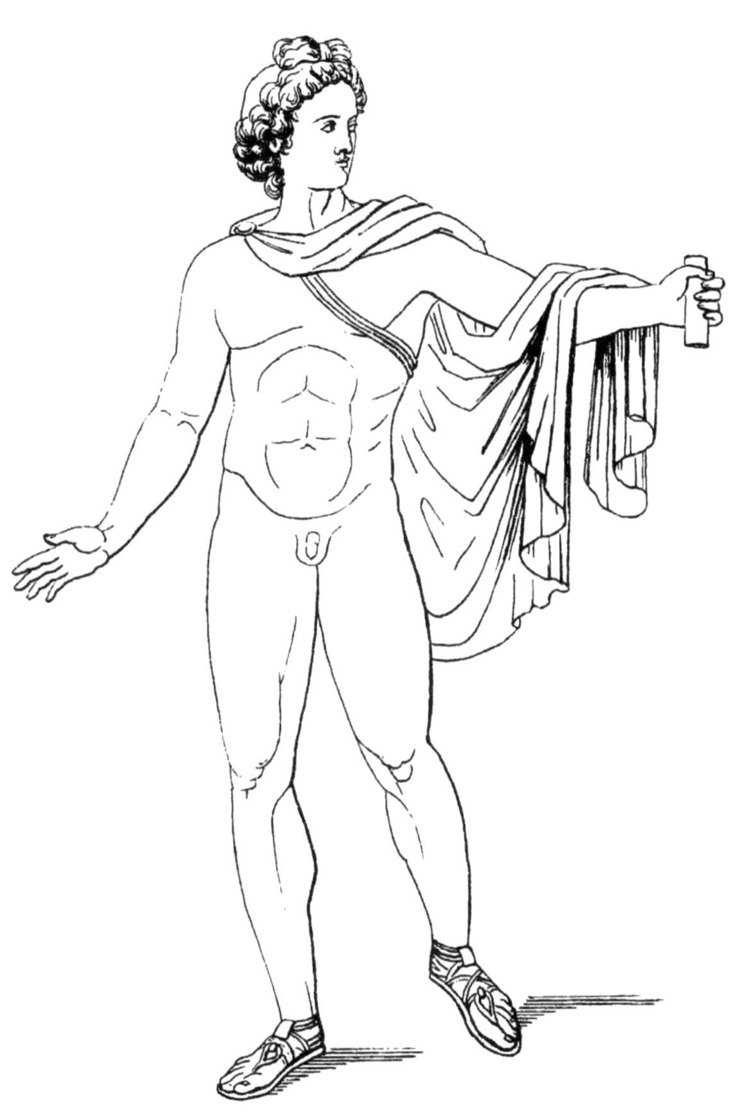

IV.

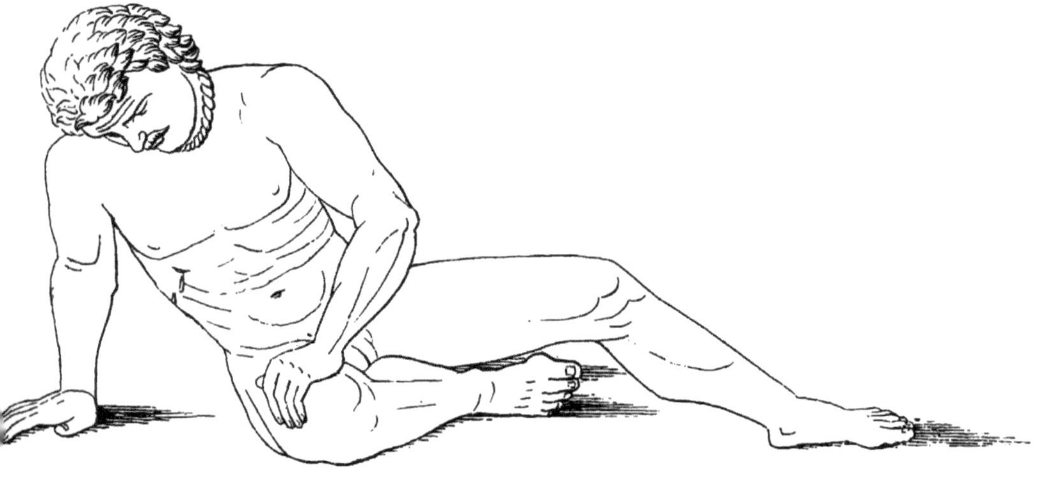

XV.